22583

e

ODE

A

LA PATRIE.

Par M. DE FONVIELLE, Chevalier de l'Ordre
de l'Éperon d'Or.

> N'avoir pas mérité son malheur en est la
> plus forte consolation. Oserions-nous nous
> dire dans ce cas, nous tous, tant que nous
> sommes ? *(Note 12.)*

(Prix : un franc.)

A PARIS,

Chez { DELAUNAY, } Libraires, au Palais-Royal, galeries
     { PETIT,   }   de bois ;

Et chez tous les Marchands de nouveautés.

────

31 juillet 1817.

IMPRIMERIE DE LE NORMANT, RUE DE SEINE.

PRÉFACE.

VOTRE Ode ne passera point à la police,
m'ont dit plusieurs de ceux à qui je l'ai
communiquée. Pourquoi? leur ai-je répondu;
est-ce qu'elle n'a point un but évidemment
utile? Si la police étoit le juge de son mérite
littéraire, peut-être aurais-je à partager
votre appréhension; la poésie n'étant pas
mon talent, j'aurais peu de regret à éprou-
ver, sous ce rapport, le désappointement
dont vous me menacez. Mais elle n'a à
s'occuper que de ce qui intéresse l'ordre
public; or, je vous prie, montrez-moi un
de nos écrits modernes qui professe plus
franchement, plus rondement, des opinions
dont tout honnête homme puisse se faire
honneur. Cela est vrai, m'a-t-on répliqué;
mais c'est peut-être à cause de cela..... —
Fi donc! écartez cette idée. — On ne vous

contestera point vos bonnes intentions ; on ne l'oserait pas ; mais on vous dira que votre exaltation n'est point dans les convenances actuelles ; on vous citera ces deux vers du bonhomme :

Rien n'est plus dangereux qu'un indiscret ami ;
Mieux vaudroit un sage ennemi.

Rappelez-vous qu'Henri IV dut sa rentrée dans Paris à la satire Ménippée plus encore qu'à sa bataille d'Ivry, et que, compris dans la catégorie qui exila quatre-vingts Parisiens (car il y eut aussi des catégories sous Henri IV), l'auteur de cette satire en fut payé par l'exil. — Il n'en a pas moins fait la satire Ménippée ! C'est quelque chose que cela ! Mon ODE A LA PATRIE n'a pas de quoi me consoler autant de tout ce qui peut m'en advenir : mais je serais bien fâché de ne pas l'avoir faite. Peut-être le Roi daignera-t-il la lire, et alors vous verrez que la police sera de l'avis de Sa Majesté. — Quel sera son avis ? — Celui de tous les honnêtes gens de son royaume.

Et les rodomont, les ferragus, les sacripan, les géans, les enchanteurs de ce parti contre lequel vous faites seul le Don Quichote, ne vous en imposent-ils donc pas? — Il y a vingt-huit ans que je les brave. — A la manière dont cela a tourné pour vous, vous devriez sentir, ce nous semble, que vous ne fûtes qu'une dupe pendant ces vingt-huit ans! — Cela ne touche point à la question qui nous occupe. — Et les poignards des énergumènes? — Vous les jugez plus mal encore que je ne fais, et je crois que vous avez tort. En tout cas...... je reviendrai à mon grand principe auquel j'ai dû que la révolution, qui a su me ruiner huit fois, n'a pu me coûter vingt-quatre heures de liberté. — Quel est-il ce principe? — Ma défense individuelle là où la force publique ne peut me protéger, ou bien se tourne contre moi. — Supposons qu'il vous réussisse encore; mais, n'avez-vous rien à ménager dans vos relations habituelles? Parmi ce qu'on appelle les hommes de la révolution, n'en est-il point que vous estimiez? avec lesquels vous ayez des rapports? Ces rapports, ne craignez-vous pas de les rompre? — Non: par cela même que je les estime, comme je leur laisse leur religion, je dois croire qu'ils me

laissent la mienne ; que je ne déguisai jamais.
— Et les journaux !..... — Ah ! les journaux !... C'est autre chose !.... Il leur faut
bien de la pâture ; et je cours à mon im-
primeur.

ODE

A LA PATRIE.

———

Idole des cœurs généreux,
Toi, que de parricides vœux,
L'horreur de l'avenir, la honte de notre âge,
Semblent vouer encor au plus triste veuvage;
Toi, qui sur tes autels vis couler tour à tour
Le sang d'un Roi digne de ton amour (1),
Le sang de tout Français à ton culte fidèle;
O Patrie ! enflamme mon zèle !
D'incorrigibles novateurs
Osent rêver encor de semblables horreurs (2):
Montrons-leur du passé la leçon salutaire;
Pour les frapper de sa vive lumière,
Viens inspirer mes chants accusateurs !
Que ton seul intérêt et me guide et m'éclaire !

Légers nourrissons des Neuf-Sœurs,
    Soyez comblés de leurs faveurs ;
Elevés avec gloire au sommet du Permesse ,
Livrez-vous aux transports d'une profane ivresse ;
On ne me verra point, jaloux de vos succès ,
    Prédicateur d'une trompeuse paix,
La fonder sur l'oubli des erreurs ou des crimes (3)
    Qui, par d'innombrables victimes ,
    Signalèrent ces jours affreux
Où tant de noms obscurs se rendirent fameux
Par tout ce que l'Enfer a pu, dans sa colère ,
    Leur inspirer pour tourmenter la Terre.
    Mes vers sans art, torrent impétueux,
Vont couler en grondant pour leur livrer la guerre.

    Pour démasquer nos Libéraux (4),
    Méditant des forfaits nouveaux ,
Armés contre Louis de sa propre clémence
Qui leur soumet encor les destins de la France ;
Emule de Pindare, ou bien d'Anacréon ,
    Me montrerai-je à la cour d'Apollon
Pinçant le luth d'Alcée, ou la lyre d'Horace ?
    Non. L'éclair qui remplit l'espace,
    La foudre, effroi des cœurs pervers ,
Tels seront et l'éclat et le bruit de mes vers.
Je veux des factieux réprimant l'arrogance
    Leur imposer un trop tardif silence ;
    Et que des maux que nous avons soufferts
Le souvenir du moins nous serve de vengeance (5).

QU'ENTENDS-JE ! Quels sermens affreux
Soulèvent le limon fangeux
Des plus obscurs suppôts de l'atroce anarchie !
Quoi ! cette secte impure invoque la Patrie !
Et de ce nom sacré se faisant un rempart,
D'un vieux tyran relève l'étendard,
En menaçant des lis la bannière sans tache !....
Thémis, arme-toi de ta hache !
Défends la majesté des Rois ;
Accours, frappe, punis !... Mais de trompeuses lois,
Œuvre des factions, t'arrachent ta victime (6) !...
La France ainsi dormait sur un abîme !
Code impuissant, disparais à sa voix !
Cède, cède à des lois qui punissent le crime !

Ou m'emporte un juste courroux !
Mes vers, prenez un ton plus doux.
Des modernes Brutus, loin de briser l'idole,
Brillantez, s'il se peut, sa burlesque auréole.
D'hypocrites clameurs l'élèvent jusqu'aux cieux!
A votre tour, à ce mortel fameux,
D'un plus sincère éloge accordez l'avantage.
Tels des flancs d'un obscur nuage
S'échappent les fougueux autans,
Ravageant les guérets, grossissant les torrens ;
Tel ce fils du hasard, improvisant sa gloire (7),
Escalada le temple de Mémoire ;
Et, dans nos murs de carnage fumans,
Data d'un cul-de-sac sa première victoire.

C'est ainsi que, sans le savoir,
Prélude au suprême pouvoir
Mon héros. C'est ainsi, grâce à la Providence,
Qu'il rouvre, à son insu, les chemins de la France
A nos Bourbons, régnant toujours sur les bons cœurs.
Qui n'a pas vu, dans toutes ses horreurs,
Sur les flots courroucés s'agiter la tempête ?
Mais bientôt l'aquilon s'arrête :
Un ciel d'azur, un jour serein,
D'un fléau passager nous consolent enfin,
Prêtent un nouveau charme à toute la nature,
Du matelot font cesser le murmure,
Et des Zéphyrs laissent l'aimable essaim
Folâtrer dans les airs que leur haleine épure.

Ainsi toujours, dans un fléau,
Le germe d'un bienfait nouveau
A l'œil perçant du sage absout la Providence.
Il fallait un tyran pour châtier la France :
Le Ciel en choisit un, qui, lâche déserteur
Du vil parti qui couva sa grandeur,
D'abord par ses erreurs, et surtout par ses vices,
Enthousiasma ses complices,
Que bientôt sa perfide main
Sut courber sans pudeur sous un sceptre d'airain.
Lui seul, en détrônant la hideuse anarchie,
A relevé l'antique Monarchie.
Aveuglément guidé par le Destin,
Lui seul à nos Bourbons a rendu leur patrie (8).

VENEZ, chastes amans des Lis,
Avec moi sentez tout le prix
De ce que fit pour vous le héros de brumaire.
Eh ! quel autre eût osé, d'une main téméraire,
Saisir insolemment les rênes de l'Etat ?
D'un harnais d'or chamarant son sénat (9),
Des muets donneront des lois à son Empire.
Adroite et sublime satire
D'un système perturbateur
Autour duquel on voit encor avec terreur
Graviter, à l'envi, l'Europe et l'Amérique (10)!
Avouons-le : mon Scapin politique,
Fut sage un jour, aspirant à l'honneur
De briser ce hochet d'un siècle frénétique.

DES erreurs d'un peuple imprudent,
Dupe des mots, toujours enfant,
Outragant qui le sert, caressant qui l'égare,
Quel délire, enfanté par un orgueil barbare,
Déchaîna, sans pâlir, le dangereux torrent !
Tel le Soleil, de son trône éclatant,
Dispense à l'Univers sa chaleur, sa lumière,
Embrassant la nature entière,
Dont il est l'ardent protecteur ;
Tout se tait, tout respecte en lui son bienfaiteur;
Nul n'ose murmurer de sa course inégale.
Telle à son tour la sagesse royale,
Régit le Monde, et veille à son bonheur,
D'un mélange profane écartant le scandale.

Quoi ! des clubs c'est un nourrisson
Qui nous donna cette leçon !
C'est lui qui des Tribuns brida la turbulence !
Qui les chassa ! C'est lui qui soulagea la France
Du bruyant appareil des monstrueux débats
Où la Discorde agite avec fracas
Ses serpens furieux, sa torche incendiaire !
Et sur leur trône héréditaire,
Des Rois !... Mais quels cris menaçans
D'une terreur muette ont frappé tous mes sens !.....
Vaine de ses haillons, quelle troupe en furie
S'émeut, s'élance..... O France ! ô ma Patrie,
C'en est donc fait !.... Au plus vil des tyrans
Mes tristes yeux encor te verront asservie !

Bourbons, où sont vos défenseurs ?
Arrêtez..... Contre tant d'horreurs,
Il vous reste leurs bras, il vous reste leur rage !
Mais ils sont désarmés !... Leur impuissant courage
Pourrait-il arrêter ce rapide torrent
Grossi sans cesse en son cours menaçant ?
Fuyez....; n'espérez plus aux ennemis du trône,
Dont l'usurpateur s'environne,
Par vous-même armé contre vous,
Disputer ce pouvoir dont ils sont si jaloux !
Ce pouvoir qui, commis à des mains plus fidèles,
De l'aigle corse aurait brûlé les ailes (11),
Devant le monstre a fléchi les genoux.
Fuyez : craignez surtout les remords des rebelles.

MAIS Dieu veille sur l'Univers,

Bientôt il brisera tes fers,

France trop malheureuse, hélas ! et trop coupable.

Puisse-t-il oublier, quand sa main redoutable

Viendra rendre au néant un lâche usurpateur,

Que de tes maux tu fus le seul auteur (12) !

S'il voulait t'en punir ! Lassé de tant de crimes,

Fruit de ces modernes maximes

Dont tu savoures le poison !

S'il t'accusait d'avoir à cette trahison

Prêté le lâche appui d'un silence complice !

Oserais-tu , des bords du précipice,

Lever les yeux dans l'espoir du pardon ,

Ou, nouvelle Ninive, accuser sa justice ?

QUOI ! déjà la ligue des Rois

S'avance, et proclame à la fois

La liberté du Monde et celle de la France !

Sur un volcan éteint, miroir de sa puissance,

De ses propres suppôts désormais abhorré (13),

Le tyran cache un front déshonoré.

Dieu juste ! tu devais cet exemple à la Terre !...

Mais j'entends la voix de la Guerre

Qui prétend nous vendre la paix (14) !....

Il est donc vrai ! Le Ciel, pour prix de nos excès,

A nos libérateurs nous livre sans défense !

Verge de Dieu qui châtiez la France,

Rois de l'Europe, épargnez les Français !...

Ah! si leur désespoir était leur Providence!!!

HÉLAS ! tout est sourd à mes cris !

Les mêmes mains qui, dans Louis,

Nous ramènent un Roi que le Monde révère,

Un Roi que tout Français a pleuré comme un père;

S'il n'a point abjuré sa raison et son cœur ;

Ces mêmes mains..... De ces objets d'horreur

Détournons nos regards; mais disons à ces princes :

Dieu vous a livré nos provinces ;

Nous respecterons ses desseins.

Dans cet autre avenir qu'il promet aux humains,

Le sage sans effort place son espérance,

Souffre et se tait. Mais, dans votre puissance

Qui dure un jour, seriez-vous assez vains

Pour chercher une excuse à tant de violence (15)?

FRANÇAIS, oublions nos débats (16);

Plus de haines, plus de combats

Pour des termes abstraits, inconnus à nos pères.....

Philosophe, tu ris ! Bouffi de tes chimères,

Le bon vieux temps n'inspire à ton risible orgueil

Qu'un froid dédain ! Soulève ton cercueil,

Dans l'âge qui suivra l'âge où tu déraisonnes;

Et des leçons que tu nous donnes,

Viens épier, si tu le peux,

Ce que sauront penser nos plus sages neveux.

Tu les verras marquer du sceau de la folie

Ce siècle vain où brille ton génie (17).

Crois-moi, veux-tu trouver grâce auprès d'eux :

Laisse, en rêvant tout bas, respirer la Patrie (18).

NOTES.

(1) Je n'ai point attendu la restauration du trône des Bourbons pour manifester mon horreur de l'assassinat de Louis XVI. Mon Ode à ce Roi martyr, dont S. M. Louis XVIII a daigné agréer l'hommage à Vé-ronne en 1794, fait partie du recueil de mes poésies, en deux volumes, imprimées publiquement sous Buo-naparte, à Paris en 1800.

(2) Peut-on penser, sans frémir, qu'au milieu de Paris, une poignée de ces incorrigibles, nous mena-çant du RÉVEIL DU LION, s'étoit organisée en société propagandiste, faisant prêter à ses adeptes le serment de FIDÉLITÉ A BUONAPARTE ! C'est mon indignation contre tant de perversité, demeurée impunie, qui a inspiré mon Ode à la Patrie.

(3) Il faut oublier la révolution, vous disent tous les jours ceux que ce souvenir incommode. Je consens volontiers à en oublier les acteurs, pourvu qu'ils se fassent oublier eux-mêmes ; mais leurs actes, mais ces scènes d'horreur qui ont fait à la France de si doulou-reuses et si profondes blessures, il seroit aussi impru-dent qu'impossible d'en effacer le souvenir. L'histoire est la leçon des peuples et des rois ; s'il est utile qu'elle

éternise la mémoire des événemens qui sortent de la
classe commune, comment auroit-on la ridicule pré-
tention de lui imposer silence sur une révolution telle
que la nôtre ? La méditer sans cesse dans ses causes et
dans ses effets, me paraît l'occupation la plus digne
d'une tête pensante. Echos l'un de l'autre, nos raison-
neurs à tant la page, nous répètent sans cesse que nous
ne pouvons pas avoir une bonne histoire de la révolution. Cela peut être ; mais je soupçonne que ceux qui,
les premiers, ont énoncé cette opinion, étoient per-
sonnellement intéressés à ce que nous n'eussions pas
une histoire contemporaine. Quand on a la jaunisse,
on évite avec soin les miroirs. Il n'en est pas moins
vrai que le passé est le seul ou du moins le meilleur
guide du présent. L'oubli de la révolution, fût-il
possible, seroit la plus haute imprudence qu'il soit possible de commettre. Peuples et rois, grands et petits,
riches et pauvres, tous, tant que nous sommes, non
pas seulement en France, mais en Europe, mais au-
delà des mers, nous devons avoir sans cesse devant les
yeux cette terrible époque où les plus grands et les plus
désastreux effets ont si souvent été produits par les plus
petites causes, par les passions les plus misérables, par
les hommes les plus obscurs ou les plus méprisés.

(4) Bien des gens, qui ne sont pas au courant de
nos métamorphoses politiques, se croiront insultés par
cette épithète, qu'en ma qualité de poëte, j'emploie,
par extension, pour qualifier les honnêtes gens du LION
DORMANT, qui se sont si gracieusement réconciliés avec
la justice. Je me fais un devoir de les rassurer, en les

avertissant qu'ils sont un peu en arrière de la révolution qui s'est opérée, non pas dans nos idées, mais
dans notre langage. Les IDÉES LIBÉRALES (que j'ai
passablement tournées en ridicule dans ma *Théorie des
factieux, dévoilée et jugée par ses résultats*, Dentu,
1815) , les LIBÉRAUX sont des expressions surannées,
et tout-à-fait passées de mode , qui ne se prennent plus
qu'en mauvaise part , comme LIBERTINAGE et LIBER-
TINS, lesquels évidemment eurent, dans le temps , une
même origine. Tel de nos rêveurs politiques du bon
ton, qui cependant ne cesse de s'extasier sur tant de
bonnes choses qu'a produites la révolution à côté de
quelque peu de mal dont il veut bien avouer qu'on
pourrait l'accuser, s'il n'était pas plus humain de ne
pas parler de cela, se croirait insulté , si vous lui par-
liez de SES IDÉES LIBÉRALES ; si vous le trouviez un
LIBÉRAL.

Mais encor faut-il bien que je sois quelque chose !
disait Sosie. C'est aussi ce que dit mon rêveur : en con-
séquence, incapable en effet de vouloir n'être rien , il
se donne complaisamment la qualification de *modéré*.

Je la lui confirme de grand cœur, et je souhaite qu'il
s'en contente , et surtout qu'il la justifie bien long-
temps.

Ce que je trouve assez plaisant, dans cette métamor-
phose , c'est que les modérés d'aujourd'hui , auxquels
assurément personne ne songe à chercher querelle sur
leur MODÉRANTISME , sont ceux-là même qui avoient
érigé en crime, dans ce qu'ils nomment le bon temps ,
la MODÉRATION qui , comme vous savez, avait quelques dangers à côté de la loi des suspects , laquelle,
ne s'est guère attaquée qu'aux MODÉRÉS d'alors.

2

Tout cela est dans l'ordre. La république, telle qu'elle nous possédoit, était le règne des formes acerbes ; il étoit impossible d'y tolérer un MODÉRÉ. La monarchie, telle que nous la possédons, est le règne des formes douces : tout s'y tolère, voire même, quoiqu'un peu équivoques, les MODÉRÉS du lion dormant.

Admirons toutefois combien cette qualification, que se donnent nos ci-devant LIBÉRAUX, est en rapport parfait avec leur position. Pendant une révolution, et long-temps après, jusqu'à ce que la génération révolutionnaire ait disparu, il y a des hommes mécontens de l'état actuel des choses, des hommes opposés au gouvernement. Ces hommes-là, constamment à l'affût de ce qui peut nuire à ce qui existe, agiront activement dans le sens de la passion qui les domine, si un moment arrive où ils pourront le faire sans danger : mais, en attendant cette occasion, ne voulant pas se compromettre sans un but visible et palpable, ils se MODÈRENT, ce qui me semble à moi tout naturel.

Si Roberspierre, si Marat, si Babeuf, si tant d'autres de cette espèce avaient survécu à leurs atroces extravagances ; tout en rongeant le frein de l'autorité légitime, eux-mêmes ils se MODÉRERAIENT, et eux aussi ils nous diraient qu'ils sont des MODÉRÉS.

C'est ce que nous étions, nous autres royalistes, sous le fouet révolutionnaire. Nous aussi nous nous MODÉRIONS, et d'autant plus que la police d'alors ne badinait pas avec nous.

Cette note, qu'il est temps de finir, me donne quelque scrupule. J'ai peur qu'elle ne décrie la qualification de MODÉRÉS, comme ma Théorie des Factieux a contribué à décrier celle de LIBÉRAUX... Mais le génie

inventif de ces citoyens me rassure : ils trouveront peut-
être encore mieux que cela, et je leur aurai rendu service. Reste à savoir si les ingrats m'en sauront gré ou
non.

(5) C'est ce souvenir qui démonte le plus la cervelle
de ces citoyens. Remarquez toutefois que cet oubli
qu'ils vous prêchent, eux-mêmes ne le mettent pas en
pratique.... Tout ce qui émane de la révolution est
l'arche sainte à laquelle vous ne sauriez toucher sans les
faire crier au sacrilége..... Je ferais un long commen-
taire de cette réflexion, dont personne assurément ne
songera à me contester la justesse ; je m'en abstiens :
mes lecteurs doivent sentir pourquoi.

(6) Il est une foule de lois qui ont aggravé le sort
de la nation, et qui jamais n'auraient existé, si elles
n'eussent été portées par des *représentans du peuple*.
Cette remarque n'est pas nouvelle, mais elle est émi-
nemment vraie, et elle est bonne à rappeler comme
propre à nous donner une idée saine des effets néces-
saires du système représentatif. Toutefois, en ce qui
concerne notre Code pénal, qui est tout-à-fait à refaire
(ce qui me semble urgent), on dirait que ses fabrica-
teurs ont eu le pressentiment qu'ils pourraient être un
jour intéressés, pour eux ou leurs amis, à ce que cer-
tains délits, que le simple sens commun range tout naturellement dans la classe des crimes du premier ordre, n'y
fussent traités que comme de très-légères peccadilles.
Vous venez de voir l'issue véritablement effrayante
du procès du lion dormant. Est-ce la faute de la loi et
uniquement d'elle ? C'est ce que j'admets par préférence, sans entrer dans l'examen de cette question.

Mais supposez que, sous Buonaparte ou avant lui, une réunion de royalistes, faisant prêter à ses affiliés serment de fidélité aux Bourbons, eût été découverte, et ses meneurs trouvés saisis des preuves matérielles d'une conspiration permanente, en actuelle activité pour détruire le gouvernement existant, pensez-vous que ces royalistes en eussent été quittes à si bon marché que l'a été l'état major du lion dormant ?

Ces gens-là devraient du moins sentir que la légitimité est bonne à quelque chose, même pour eux. Sous elle, le MODÉRANTISME, quoique moins absolu que sous l'usurpation ou sous l'anarchie, n'expose à rien ou presque rien ; quelques-uns même s'en font, avec succès, un titre aux faveurs ministérielles. Changez les temps et les personnes, les MODÉRÉS seront parqués en masse dans des cachots et livrés aux bourreaux par douzaines, sans forme de procès, ce qui seul vous laisse à juger du traitement réservé à ceux qui passeront certaines bornes.

Croyez-vous, par exemple, que si le comité de salut public ou ceux qui ont hérité de son usurpation jusques à Buonaparte, en comptant celui-ci, avaient entendu crier sous leurs fenêtres : VIVE LE ROI ! VIVENT LES BOURBONS ! ils eussent manqué de lois, de juges, de bourreaux, pour appliquer aux crieurs la peine capitale ? Comparez à cela ce qui se passe de nos jours ; vous verrez les mêmes hommes, alors si irascibles, si implacables, mais tout à coup devenus si humains, blâmer quelques actes d'une sévérité nécessaire dont l'autorité a usé à regret et avec une sobriété remarquable, à l'occasion de quelques troubles dont les subsistances ont été le prétexte.

(7) Ses flatteurs, un peu honteux pour lui de ce qu'il ne s'est fait connaître, pour la première fois, qu'au cul-de-sac Dauphin , et on sait de quelle manière , ont cherché à lui fabriquer une réputation militaire au siége de Toulon. L'histoire ne s'y méprendra pas. Les relations mensongères que l'on fit en France de cet événement ne sauraient la tromper. Elle aura sous les yeux le récit véridique que j'en ai fait dans mes Essais historiques , critiques et apologétiques sur la situation de la France au 14 juillet 1804. . . . . Des oreilles trop délicates blâmeront peut-être , comme indigne du style pindarique , cette expression, un CUL-DE-SAC. Il se peut qu'elles aient raison ; mais moi, j'ai eu raison aussi, de barbouiller la GLOIRE, la MÉMOIRE , la première VICTOIRE du héros du cul-de-sac Dauphin.

(8) On aurait tort de ne pas savoir gré à Buonaparte du service éminent qu'il a rendu à la cause royale en étouffant les germes de la révolution.

S'il l'eût osé, il eût été jusqu'à guérir la France de sa pitoyable manie du système représentatif, devenu, depuis, la maladie dominante de ce malheureux siècle.

Voyez le sort de son tribunat.

Voyez le mutisme de sa chambre des députés.

Voyez le mécanisme machiavélique de son sénat.

Voyez ses sénatus-consultes.

C'est beaucoup qu'il ait décrié le démocratisme, comme il l'a fait , et remis en honneur le dogme salutaire du pouvoir d'un seul !

Sans lui, nul des contemporains de la révolution n'eût vu les héritiers du malheureux Louis XVI remonter sur le trône.

(9) Si les peuples savaient réfléchir, quelle leçon pour eux, dans tous les lieux, dans tous les âges, que cet empressement avec lequel nos ci-devant bonnets rouges se sont jetés aux genoux de Buonaparte, se disputant l'honneur de porter sa livrée! Je serais curieux de savoir s'il put garder son sérieux en jouant ce rôle étudié, celui qui, le premier, lui prostitua en face la qualification réservée aux souverains de l'Europe, et surtout si le héros de cette comédie, devenue si tragique, put, sans pouffer de rire, s'entendre dire : VOTRE MAJESTÉ. Ce qu'il y a de certain, c'est que ce titre, dont nos oreilles républicaines avaient perdu l'habitude depuis long-temps, souleva généralement un murmure, au moins d'étonnement; mais cette impression passagère céda bientôt aux calculs de l'intérêt personnel. Nos grands faiseurs, s'encourageant l'un l'autre, pour aller, comme les baladins, de plus fort en plus fort, avaient poussé à perdre haleine la charrette révolutionnaire, ils se mirent à pousser avec la même émulation le char impérial. Il en sera de même partout. L'intérêt de ce pauvre peuple, toujours dupe des charlatans qui l'agitent à leur profit, n'est qu'un grossier prétexte qui n'en impose pas aux esprits réfléchis. Mais la foule ne raisonne pas ; elle reçoit l'impulsion, et elle va sans savoir où l'on veut la conduire. On nous prêche l'oubli de la révolution ! Je le crois bien ! Prenez la peine d'examiner quels sont ces prédicateurs si débonnaires ; vous verrez qu'en effet ils sont intéressés à effacer de notre mémoire ce qui les a conduits au poste brillant qu'ils ont su conserver en s'attachant toujours au parti dominant, prêts à changer et de ton et de rôle à tout instant au gré des circonstances. Gardons-nous d'oublier

que presque tous ces sénateurs, qui furent dans les
mains de l'usurpateur un instrument de tyrannie si
docile, si maniable, venaient à peine de quitter la car-
magnole lorsqu'il les empourpra, les dora, les dota,
les titra, les chamarra de cordons de toutes couleurs,
eux qui, se disant les apôtres de l'égalité, avaient tant
déclamé contre les hochets de la servitude. Que les
peuples apprennent par eux à se défier de leurs pareils;
à ne voir que des ambitieux, des hypocrites dans ceux
qui cherchent à troubler leur repos, de quelque masque
qu'ils se couvrent, de quelque prétexte qu'ils colorent
leurs vues personnelles.

Notre révolution mérite d'autant plus que nous ne
cessions pas de nous la rappeler comme une leçon de
sagesse qui nous coûte, je crois, assez cher, qu'elle a
eu un caractère particulier qui la distingue essentielle-
ment. Montaigne a dit quelque part que les lois et l'an-
cien état ont cet avantage que ceux qui les troublent,
pour leur intérêt particulier, en honorent les défenseurs s'ils ne les excusent. Ce sage vivait dans un siècle
où il était à portée d'en juger : sa sentence est le fruit
de l'observation et non une théorie spéculative. Or,
voyez quelle différence entre les perturbateurs de son
temps et ceux du temps présent ! Ces derniers n'ont
assurément ni honoré, ni excusé les défenseurs de l'an-
cien état. A quels outrages, à quelle férocité ceux-ci,
au contraire, n'ont-ils pas été constamment en butte !
Et quelle en a été leur récompense lorsque la cause à
laquelle ils se sont immolés a enfin triomphé ?

(10) *On a beau faire*, vous disent froidement les
malheureux irrémédiablement gangrenés de cette lèpre

dévorante ; *on a beau faire, la révolution fera le tour du Monde.*

Vous rappelez-vous la joie féroce avec laquelle leur journal favori amplifioit l'émeute de Fernambucco ? et on ne bâillonnoit pas cette bouche pestilentielle ! Misérables ! vous nous parlez de la révolution faisant le tour du globe, et le sourire est sur vos lèvres quand vous laissez percer ainsi ce vœu de la férocité en délire ! N'est-ce donc pas assez de tout ce que cette abominable révolution nous a coûté d'or, de sang et de larmes ? de tant de millions d'hommes dont elle a dépeuplé les deux Mondes ? de la profonde démoralisation qu'elle a jetée dans toutes les classes ? faut-il encore, pour l'intérêt de vos absurdes rêveries, qu'il ne reste pas un coin du monde où l'ami des hommes puisse aller gémir en repos de votre incorrigibilité ?

— Chaque siècle a eu sa folie ; celle du nôtre passera. Pourquoi attendrions-nous plus tard pour chercher les moyens d'opérer une guérison qui serait si facile ?

(11) Personne n'a osé nier que si une épuration nécessaire eût suivi le premier retour du Roi ; si, partout, l'autorité eût été confiée à d'autres hommes que ceux que Buonaparte a retrouvés en place en débarquant à Cannes, la France n'aurait pas eu la honte d'être subjuguée, en quelques jours, par une poignée d'aventuriers qu'un coup de tocsin, sonné à propos, aurait suffi pour rejeter dans la mer qui les avait vomis sur nos rivages. On a cependant oublié cette vérité ! Les cris du Midi, désignant les traîtres qui avaient ouvert les chemins à l'usurpateur, ont été étouffés ; et nous sommes encore, à peu d'exceptions près, sous l'influence des mêmes hommes.

(12) N'avoir pas mérité son malheur en est la plus forte consolation. Oserions-nous nous dire dans ce cas, nous tous, tant que nous sommes ?

(13) Buonaparte est nécessairement abhorré de tous les partisans de la révolution qui ne peuvent lui pardonner de les avoir, par ses folies, livrés, pieds et poings liés, à la royauté qu'ils détestent, et ne cesseront pas de détester, quels que soient les ménagemens qu'elle ait eus jusqu'ici, et puisse encore avoir pour eux.

Cependant, c'est toujours son nom qu'ils invoquent, et, inconséquens que nous sommes, au lieu de sentir que ce qu'on appelle un buonapartiste, n'est autre chose qu'un révolutionnaire, nous ne voyons que le buonapartisme dans tout ce qui est opposé au régime royal.

Plût à Dieu que nous en fussions encore à ce point, que deux opinions simples, comme au commencement de nos troubles, fussent l'objet de nos débats ! La lassitude et l'expérience ne laisseraient aucune prise aux ennemis de l'ordre actuel. Mais trente ans de révolution ont tellement croisé les intérêts et brouillé les idées, les maximes modernes ont fait de tels ravages, l'appui qu'elles ont obtenu de ceux-là même qui étoient le plus intéressés à les faire oublier a eu des effets si sérieux, qu'il n'y a aujourd'hui pas plus de purs révolutionnaires que de purs royalistes. Chez les uns et les autres, malgré une haine commune contre l'Angleterre, haine que les derniers événemens ont rendue en quelque sorte nationale, il y a un mélange d'anglomanie qui déconcerte l'observateur le plus attentif. On ne s'entend plus ; il n'y a plus deux partis en France, il y en a cent, il y en a mille. Dans telle circonstance donnée, ils pourroient bien, d'après leurs diverses nuances, se réunir en deux aggrégations distinctes ; mais le triomphe de l'une d'elles amènerait des commotions nouvelles : ce ne seraient plus les espèces, mais les genres qui s'entre-heurteraient.

Cette observation mérite qu'on y pense.

Quant au Buonapartisme, c'est un mot qui n'exprime rien.

Ceux qui sont demeurés entichés des chimères ré-publicaines, je me fais un plaisir de le répéter, dé-testent Buonaparte, et, nouveaux Brutus, se feraient une vertu de poignarder ce moderne César.

La populace ne voit en lui qu'un chef de bande autour duquel, parce qu'elle souffre, elle s'attrou-perait encore peut-être, si elle en avoit l'occasion, mais pour briser bientôt de ses mains cette idole d'un jour. Le dieu Marat fut jeté dans l'égout Montmartre.

Les prétendus amans de notre gloire militaire, qu'ils veulent à toute force ne dater que de vingt-cinq ans, ne se font plus illusion sur ce grand paladin qui, si souvent, a trahi sa fortune et démenti sa renommée. Il n'est pas un de ses généraux qui sanctionne, par son suffrage, la réputation militaire que la flatterie lui a prêtée. L'armée ne se rallia point à ses aigles, en mars 1815, par estime pour sa personne, par sentiment de préférence ; tout simplement elle vit en lui un centre d'opposition contre une invasion étrangère, et elle le suivit par instinct national. Généreux et honorable instinct qui, s'il ne se fût pas couvert d'une écorce sauvage qui empêcha de songer au parti qu'on eût pu en tirer, auroit, à la voix d'un Bourbon, opéré infail-liblement le salut de la France !

Toute autre affection qui a pu survivre à ce moment d'effervescence, rentre dans le Buonapartisme de la populace. C'est une plante parasite sans racines.

(14) J'invite ceux qui ont lu *ma Théorie des factieux dévoilée et jugée par ses résultats*, à relire mon chapitre *des* DOLÉANCES DE LA FRANCE AUX PRINCES ALLIÉS.

(15) Les fléaux naturels, l'injustice des hommes, le succès des méchans et le malheur des bons laisseroient la Providence sans excuse, si les promesses d'une autre vie ne faisaient point à l'homme religieux un devoir et même un bonheur de sa résignation, dont ce dogme consolateur le récompense dès cette vie. Mais quelle pourroit être, aux yeux du sage, l'excuse des rois abusant du droit du plus fort, ou constituant eux-mêmes un désordre politique ou moral ?

(16) Plaisante manière de les oublier ! vont s'écrier même des hommes sages qui ne se sont pas donné la peine d'y bien réfléchir. On commence par nous remettre en mémoire la catastrophe de Louis XVI ; on nous rappelle toute la partie honteuse de la révolution ; on nous dit qu'on veut que,

Des maux que nous avons soufferts,
Le souvenir, du moins, nous serve de vengeance ;

et on vient ensuite nous conseiller tranquillement d'oublier nos débats ! Quelle chute ! Ne serait-ce pas le cas de penser que le Parnasse est le chemin des Petites-Maisons ?

Distinguons, Messieurs, je vous prie ; je ne propose point, Dieu m'en garde ! de revenir sur le passé pour demander à chacun de nous compte de sa conduite au milieu des courans rapides qui nous entraînaient dans tant de directions opposées. Eh ! à qui peut-on dire qu'il fut maître de soi, dans une position donnée ! Un pardon nécessaire a été prononcé du haut de ce trône que nous avons laissé outrager si long-temps ; que ceux qui ont eu besoin de ce bill d'indemnité qui leur est accordé par la miséricorde royale, en jouissent en paix ; je consens à oublier jusqu'à leurs noms, pourvu qu'eux-mêmes consentent à se tenir dans l'ombre.

« Plaignons le vicieux en attaquant le vice. »

Telle est ma morale, telle est ma règle de conduite. J'oublierai, je veux qu'on oublie les artisans de nos longs malheurs, lorsqu'eux-mêmes, je le répète, se feront oublier. Mais leurs extravagances qui furent si atroces ! leurs lois de sang qui nous ont si long-temps torturés ! les prétextes si spécieux dont ils colorèrent leur turbulence ! leurs faux principes ! leurs maximes désorganisatrices ! leur philosophisme indiscret ! leurs jongleries pour enlever aux peuples les préjugés qui les rendaient calmes et heureux, et pour leur inoculer les préjugés de l'école moderne ! le désordre épouvantable qui en est résulté ! les crimes sans nombre et sans mesure qui ont déshonoré notre France pendant cette tempête politique ! tout cet amas enfin de stupides horreurs dont notre malheureuse patrie fut le sanglant théâtre ! je veux qu'on ne cesse pas d'y penser, ne fût-ce que pour nous donner le courage de supporter notre position actuelle, tout affligeante qu'elle est pour tout Français digne de ce nom. Marquons du moins par un phare préservateur l'écueil où nous fîmes naufrage. En détourner nos yeux, est-ce donc le moyen de nous en préserver à l'avenir?

Irons-nous encore nous abandonner sans précaution, sans défiance, à la merci de ces esprits cornus qui ne pouvant se détacher des chimères dont ils se sont repus, ne sauroient se plier à nous donner quelque relâche? Comme, leurs devanciers, ils vous diront, s'il le faut, périsse le monde, excepté moi, plutôt que les principes! aucune considération n'est capable de leur arracher la moindre concession. Ils veulent que vous oubliiez les horreurs de la révolution! et ils vous assourdissent du prétendu bien qu'elle a fait. Vous leur parlez de religion! ils crient au fanatisme, et vous accusent de vouloir ramener les siècles d'ignorance. Vous leur parlez de monarchie! ils crient à la servitude si vous ne voulez pas admettre comme une conception sublime l'abâtardissement qu'ils sont parvenus à faire subir à cette forme de gouvernement.

Ils n'en démordront pas, le Monde entier dût-il en être encore ébranlé jusqu'en ses fondemens! Il est donc nécessaire de rappeler sans cesse à ce peuple, qu'ils veulent égarer, ce qu'il lui en a coûté pour s'être aveuglément laissé guider par de tels précepteurs.

Cessons de disputer pour de vains mots; OUBLIONS NOS DÉBATS qui nous rendront si ridicules à nos petits enfans; et, pour guérir, s'il se peut, notre malheureuse turbulence, jettant sans cesse nos regards en arrière, cherchons dans le passé une garantie pour l'avenir. Un de nos poëtes modernes, je ne sais plus lequel, a dit :

Souvent sur le bonheur j'entends de beaux propos :
Le bonheur, mes amis, n'est rien que le repos.

Je m'en tiens à cette sentence ; bien préférable à ce *malo periculosam libertatem quàm quietum servitium* que, hier encore, à propos d'un acte de bienfaisance, le *Constitutionnel*, changé de nom, mettoit dans la bouche du roi Stanislas, attentif à saisir les plus légers prétextes pour nous épouvanter sans cesse de ses maximes PÉRILLEUSES.

(17) L'arrogance, la vaine présomption, caractérisent ce siècle qui s'est burlesquement intitulé le siècle des lumières, parce qu'il a pris pour des flambeaux les torches incendiaires de nos grands éclaireurs. Au seul nom de philosophie, voyez se rengorger ces demi-raisonneurs qui croient vous faire grâce en vous accordant qu'à la vérité nous aurions pu acquérir à meilleur marché les grandes vérités que la révolution a révélées, mais qui couvrent de mépris ceux à qui, comme à moi, tout est suspect, venant de cette source impure.

À leur ton d'infaillibilité, à leur assurance, à l'espèce de pitié qu'ils vous montrent pour ceux qui n'ont pu s'élever à la hauteur où ils se croient placés, opposons ce passage de Montaigne, liv. II, chap. 12 :

« Où est le sage ? où est l'écrivain ? où est le dispu-
» tateur de ce siècle ? Dieu n'a-t-il pas abesti la sapience
» de ce monde ? si me faut-il voir enfin s'il est en la
» puissance de l'homme de trouver ce qu'il cherche, et
» si cette queste qu'il y a employée depuis tant de siècles,
» l'a enrichi de quelque nouvelle force et de quelque
» vérité solide. Je crois qu'il me confessera, s'il parle
» en conscience, que tout l'acquêt qu'il a retiré d'une si
» longue poursuite, c'est d'avoir appris à reconnaître
» sa faiblesse. L'ignorance qui était naturellement en

» nous, nous l'avons, par longue étude, avérée et con-
» firmée. *Il est advenu aux gens véritablement savans*
» *ce qui advient aux épis de bled : ils vont s'élevant*
» *et haussant la tête droite et fière, tant qu'ils sont*
» *vuïdes; mais quand ils sont pleins et grossis de*
» *grains en leur maturité, ils commencent à s'humi-*
» *lier et baisser les cornes.* »

Eh ! messsieurs, que nous voulez-vous? Etes-vous
donc si sûrs de votre fait, qu'à tous risques il faille
que tout cède à votre prétendue sagesse? Cette rouille
des siècles passés que vous méprisez tant, cette rouille
à laquelle vous avez brutalement appliqué la rape mor-
dante, ne couvre-t-elle rien qui soit digne de notre
estime ou de nos regrets? vos dissertations, vos écrits,
vos pamphlets, vos ouvrages sérieux ou badins, ont
beau attirer l'attention de la foule ébahie ; le vertige qui
la saisit pour quelques phrases sonores qui colorent vos
raisonnemens captieux ne fait que me rendre de plus
en plus dédaigneux des applaudissemens qu'elle pro-
digue de préférence à ceux qui la détournent de la
route du bon et du vrai. Est-il un seul de vos écrits qui
pût soutenir un examen sérieux, et sortir vainqueur de
la lutte? qui d'entre vous ne se sentirait capable de
soutenir la thèse contraire, si on lui en faisait le défi,
tant les opinions humaines sont incertaines, puériles,
et se présentent sous mille faces différentes qui mettent
en défaut le jugement et la raison? « Il n'est, dit
» encore Montaigne, aucun sens ni visage, ou droit,
» ou amer, ou doux, ou courbe, que l'esprit humain
» ne trouve aux écrits qu'il entreprend de souiller. »
Il n'est donc rien d'absolument démontré, rien qui ne
puisse être débattu, rien qui ne puisse recevoir une

interprétation contraire! à quoi bon, dès-lors, compromettre la seule chose positive dont l'excellence soit évidente à tous, le repos?

(18) Je terminerai ces notes, qu'il n'eût tenu qu'à moi de délayer dans un gros volume, où j'aurais mis sur la selette trois ou quatre de ces malheureux et obstinés rêveurs dont l'impitoyable CENSURE a juré de ne pas nous laisser un moment de tranquillité ; je les terminerai en cédant la place à mon maître :

« Nous avons, dit-il, assez d'âmes mal nées, sans
» gâter les bonnes et généreuses. Si nous continuons,
» il restera mal aisément à qui fier la santé de cet Etat,
» au cas que fortune nous la redonne. Ces grandes et
» longues altercations de la meilleure forme de société
» sont propres seulement à l'exercitation de notre
» esprit, mais se trouvent ridicules et ineptes à mettre
» en pratique. Est-il quelque mal en une police qui
» vaille être combattu par une drogue si mortelle?
» Non pas même, disait Favonius, l'usurpation de la
» possession tyrannique d'une république. Platon,
» de même, ne consent pas qu'on fasse violence
» au repos de son pays pour le guérir, et n'accepte
» pas l'amendement qui trouble et hasarde tout, et qui
» coûte le sang et ruine des citoyens; établissant
» l'office d'un homme de bien, en ce cas, de
» laisser tout là, et seulement prier Dieu qu'il y
» porte sa main extraordinaire. »

FIN DES NOTES.

www.ingramcontent.com/pod-product-compliance
Lightning Source LLC
Chambersburg PA
CBHW061619180626
46818CB00005B/2152